Vente des 8 & 9 Février 1867.

CABINET
DE FEU **M. PAGUET**, DE METZ.

OBJETS D'ART

ET DE

HAUTE CURIOSITÉ

Exposition publique le Jeudi 7 Février 1867

Mᵉ **CHARLES PILLET**,
COMMISSAIRE-PRISEUR

M. **DHIOS**,
EXPERT

1867

EXEMPLAIRE DE DHIOS

CATALOGUE

DES

OBJETS D'ART

ET DE HAUTE CURIOSITÉ

Composant la Collection

DE FEU M. PAGUET, DE METZ

Remarquables Ivoires sculptés;

Émaux de Limoges; Faïences de Bernard Palissy; Bronzes;
Bois sculptés; Marbres; Manuscrits; Curiosités diverses;
Tableaux anciens

DONT LA VENTE AUX ENCHÈRES PUBLIQUES AURA LIEU

HOTEL DROUOT, SALLE N° 3

Les Vendredi 8 et Samedi 9 Février 1867

A DEUX HEURES

Par le ministère de M° **Charles PILLET**, Commissaire-Priseur,
rue de Choiseul, 11,

Assisté de M. **DHIOS**, Expert, rue Lepeletier, 33.

Chez lesquels se distribue le Catalogue.

EXPOSITION PUBLIQUE

Le Jeudi 7 Février 1867, de une heure à cinq heures.

CONDITIONS DE LA VENTE

Elle sera faite au comptant.

Les adjudicataires payeront *cinq pour cent* en sus des enchères.

L'exposition mettant le public à même de se rendre compte de l'état des objets, il ne sera admis aucune réclamation une fois l'adjudication prononcée.

Paris. — Imprimerie de Pillet fils aîné, rue des Grands-Augustins, 5

Le cabinet de M. Paguet, de Metz, contient un
certain nombre d'objets qui, par leur antiquité in-
contestable et leur valeur artistique, le recom-
mandent d'une manière tout exceptionnelle à l'at-
tention des amateurs de haute curiosité.

Ce sont, entre autres, deux volets d'un diptyque
consulaire du ve siècle, sur lesquels sont sculptés en
relief des combats de bestiaires avec des lions et des
panthères ; œuvre d'un grand style, rare et précieux
spécimen d'un art et d'un temps dont les monuments
sont à peu près introuvables aujourd'hui. Une plaque
gréco-byzantine du neuvième siècle, œuvre également
d'un grand style, représentant la Vierge tenant l'Enfant Jésus, et assise sur un trône surmonté d'un dais
que supportent deux piliers. Un bouclier, formé par
une corne d'élan, le long de laquelle se déroule une
large frise contenant, parmi des rinceaux, des fruits
et des feuillages, des animaux fantastiques; admirable morceau de sculpture du onzième siècle. Un
oliphant, du neuvième siècle, très-riche aussi d'orne-

mentation, et sur lequel des sujets religieux se mêlent
à des souvenirs de chasse.

Trois bas-reliefs en marbre provenant du tombeau
de Louis-le-Débonnaire, dans l'abbaye de Saint-Arnould, à Metz. Puis, des émaux de Limoges, des marbres, des ivoires, des bois sculptés et des manuscrits
très-curieux.

M. Paguet, né en 1768 à Metz, où il est mort en
1854, à l'âge de quatre-vingt-six ans, a consacré de
longues années et une grande partie de sa fortune,
acquise dans le commerce, à la formation du cabinet
actuellement mis en vente. Comme tous les amateurs
de son temps, il eut souvent la main heureuse, et le
monde de la curiosité lui doit plus d'une trouvaille
intéressante. C'est lui qui, sous la mousse et le ba-
digeon qui les couvrait, a retrouvé les deux beaux
vases en marbre de Coustou, longtemps abandonnés
dans les jardins du château des Frascati, propriété des
anciens évêques de Metz, et qui ornent aujourd'hui
la collection de M. le baron James de Rothschild.

DÉSIGNATION DES OBJETS

Ivoires

1 — Deux superbes plaques de diptyque consulaire en ivoire, sculpté en haut relief, représentant des gladiateurs ou bestiaires armés de javelots combattant des lions et des panthères. Rares et remarquables spécimens de l'art byzantin du vᵉ au vɪᵉ siècle, du plus grand style.

Haut., 33 cent.; larg., 10 cent. 1/2.

2 — Corne d'élan formant bouclier.

Une frise entièrement sculptée en relief suit les contours de cette corne. Elle représente des animaux chimériques se jouant au milieu de rinceaux, de fruits et de feuillages. Les andouillers, au nombre de sept, font saillie autour de la frise ; la poignée du bouclier est formée par une tête de lion, sculptée sur la naissance de la corne.

Morceau des plus rares et d'un admirable travail, du xɪᵉ au xɪɪᵉ siècle.

Long., 75 cent.; larg., 20 cent.

— Très-grand oliphant en ivoire sculpté en relief, représentant l'ascension du Christ porté par quatre anges ; au dessous du Christ, figure de la Vierge debout entre deux anges ; sur l'autre face, des médaillons, au nombre de seize, contiennent les figures vues à mi-corps des douze apôtres et des quatre évangélistes. Des frises à ornements et à sujets de chasse complètent la décoration de ce rare spécimen de l'art gréco-byzantin du IXe ou Xe siècle.

Long., 69 cent.

4 — Superbe plaque en ivoire sculpté de haut relief, représentant la Vierge assise sur un trône, tenant l'enfant Jésus sur ses genoux. De chaque côté de la Vierge un médaillon rond représente le buste d'un saint. Un dais ou baldaquin porté par deux colonnes, ornées de figures formant chapiteau, encadre cette composition.

Très-beau et rare travail grec du IXe ou Xe siècle.

Haut., 22 cent. 1/2 ; larg., 13 cent. 1/2.

5 — Plaque en ivoire sculpté en relief, représentant le Christ sur la croix ; à droite, figure de saint Jean ; à gauche, la Vierge ; dans le haut, deux anges ailés.

Remarquable travail gréco-allemand du XIe ou XIIe siècle.

Haut., 15 cent.; larg., 13 cent.

6 — Plaque en ivoire sculpté en très-haut relief, représentant le Christ assis dans une croix grecque ; autour, les quatre évangélistes sont représentés assis avec leurs attributs.

Très-curieux travail gréco-allemand du XIe ou XIIe siècle.

Haut., 20 cent. 1/4 ; larg., 12 cent. 1/2.

7 — Très-grand oliphant ou huchet de chasse en ivoire,
orné de rosaces et ornements gravés.

Curieux travail indien.

Long., 75 cent.

8 — Très-beau groupe de cinq figures, représentant la mise
au tombeau.

Ouvrage en ivoire sculpté du temps de Louis XIV.

9 — Très-beau christ en ivoire sculpté du temps de Louis XIV,
dans un très-riche cadre finement sculpté de rubans et
bouquets de fleurs du temps de Louis XVI.

Haut. du christ, 42 cent.

10 — Groupe de trois figures en ivoire sculpté, représentant
saint Sébastien percé de flèches par deux soldats.

Haut. du saint Sébastien, 20 cent.
Haut. des soldats, 12 cent.

11 — Joli amorçoir de chasse en ivoire sculpté d'animaux,
chiens, lièvres, oiseaux, éléphants, cerfs, chevaux, etc.

Travail oriental d'une grande finesse.

Long., 20 cent.

12 — Gaine de couteau et fourchette en ivoire, sculpté d'une

figure allégorique, tenant un sceptre d'une main et un cœur emflammé de l'autre, au-dessous d'une tête d'ange.

Travail du XVIᵉ siècle.

Long., 15 cent.

13 — Très-beau coffre de mariage en ivoire sculpté et repercé à jour, entièrement couvert de frises d'animaux chimériques et autres se jouant au milieu de feuillages et de rinceaux.

Gracieux travail de la Renaissance, d'une grande délicatesse et d'une belle conservation.

Haut., 22 cent.; larg., 15 cent. 1/2 ; long., 28 cent.

14 — Petit coffret, forme tombeau, en plaques d'ivoire uni, garni de cuivre ciselé et doré.

Travail du XVᵉ siècle.

Haut., 11 cent. 1/2 ; larg., 10 cent.; long., 17 cent. 1/3.

15 — Petit coffret carré long en ivoire découpé à jour.

16 — Boîte à hostie ou reliquaire de forme cylindrique, garniture en cuivre doré.

Travail du XIIIᵉ siècle.

Haut., 12 cent. ; larg., 11 cent.

17 — Petit coffret, forme tombeau, ivoire et marqueterie, garni en cuivre gravé.

Travail vénitien du XVᵉ siècle.

Haut., 13 cent. ; larg., 10 cent. ; long., 21 cent.

18 — Deux petites plaques de diptyque en ivoire sculpté en relief; l'une représente le Christ sur la croix; l'autre la Vierge tenant l'enfant Jésus dans ses bras, accompagnée de deux anges.

Travail du xv⁰ siècle.

19 — Canette en ivoire, sculptée d'un sujet en ronde-bosse représentant une chasse au sanglier; l'anse est formée par une tête d'homme se terminant en cariatide tenant une hure de sanglier; le couvercle, également en ivoire, est orné d'une statuette de chasseur suivi d'un chien.

Bon travail moderne.

Haut., sans la statuette, 17 cent.

20 — Plaque en ivoire gravé, représentant la Fuite en Égypte.

Travail allemand du xvı⁰ siècle.

Haut., 18 cent.; larg., 12 cent.

21 — Deux figures anatomiques d'homme et de femme, en ivoire sculpté.

22 — Statuette en ivoire sculpté; femme tenant trois enfants, allégorie de la Charité.

Haut., 17 cent.

23 — Jolie statuette en ivoire sculpté, représentant la Vierge debout tenant l'enfant Jésus dans ses bras. Couronne en argent doré.

Bel ouvrage du xvie siècle.

Haut., 28 cent.

24 — Statuette en ivoire sculpté, la Vierge avec l'enfant Jésus dans ses bras, qui tient la boule du monde. La Vierge porte autour du cou un collier de turquoises et perles.

Haut., 28 cent.

25 — Statuette en ivoire sculpté, représentant la Vierge debout. Mains fracturées.

Bon ouvrage du xve siècle.

Haut., 27 cent.

26 — Statuette en ivoire sculpté, représentant saint Jacques. Bras fracturé.

Bel ouvrage du xive siècle.

Haut., 24 cent.

27 — Quatre statuettes de femme, en ivoire sculpté, représentant les quatre Saisons.

Haut., 16 cent.

28 — Statuette en ivoire sculpté, représentant la Vierge tenant l'enfant Jésus dans ses bras. La Vierge porte sur la
tête une couronne d'argent.

Haut., 14 cent.

29 — Statuette en ivoire sculpté, représentant un personnage
chinois. Bon travail ancien.

Haut., 20 cent.

30 — Statuette en ivoire sculpté, représentant une vestale.

Haut., 15 cent.

31 — Statuette en ivoire sculpté, représentant la Vierge tenant l'enfant Jésus dans ses bras. Cette statuette est posée
sur un socle également en ivoire sculpté de figures de
saints, de la Madelaine, de moutons et de divers animaux.

Travail espagnol.

Haut. avec le socle, 24 cent.

32 — Statuette en ivoire sculpté, représentant un berger en-
dormi tenant un mouton dans ses bras et un autre sur son
épaule. Cette figure est posée sur un socle en ivoire sem-
blable au précédent.

Travail espagnol.

Haut. sans le socle, 19 cent.

33 — Petite statuette en ivoire sculpté, représentant un roi.
Travail du xvie siècle. Fracturé.

Haut., 10 cent.

34 — Statuette en ivoire sculpté, la Vierge et l'enfant Jésus.
Travail du xvie siècle.

35 — Statuette en ivoire, représentant la Vierge tenant l'enfant Jésus dans ses bras. La tête de l'enfant manque.

Haut., 10 cent.

36 — Trois petites figurines en ivoire sculpté, représentant saint Joseph, la Vierge et l'Enfant Jésus, sur socle en porcelaine.

Travail du xviie siècle.

37 — Petite figure d'enfant représenté debout, le pied posé su un tronc d'arbre.

Bon travail du xviie siècle.

Haut., 8 cent.

38 — Figurine en ivoire sculpté représentant Jupiter assis sur l'aigle.

Travail du xviie siècle.

Haut., 8 cent.

39 — Trois petites figurines en ivoire sculpté représentant Vénus, Mars et Mercure.

Haut., 6 1/2 cent.

40 — Statuette en ivoire sculpté représentant un roi d'échiquier à cheval.

Travail du XVIe siècle.

Haut., 8 cent.

41 — Petit groupe de trois figures en ivoire sculpté représentant le Christ consolateur.

Haut., 7 cent.

42 — Buste d'un religieux posé sur socle en ivoire sculpté. Travail du XVIe siècle.

43 — Statuette en ivoire sculpté représentant David tenant le glaive. Bras fracturé.

Travail du XVIe siècle.

Haut., 8 cent.

44 — Petite tabatière ronde en ivoire doublé d'écaille. Le couvercle est orné d'une miniature représentant l'Amour et la Fidélité.

45 — Quatre pièces en ivoire sculpté : deux couteaux et une fourchette à manches sculptés, et un éléphant.

46 — Deux bas-reliefs d'ancien coffret ivoire et os sculpté.

47 — Un sifflet en ivoire sculpté d'un groupe de deux figures. Travail flamand du XVIIe siècle.

48 — Trois petites pièces en ivoire sculpté : bonbonnière, porte-chapelet forme œuf et un étui.

Travail très-fin du temps de Louis XV.

49 — Quatre petits médaillons en ivoire sculpté en relief, représentant deux portraits d'hommes, époque Louis XIV, et deux médaillons de femmes.

Émaux de Limoges

50 — Belle et grande châsse en émail de Limoges, décorée de vingt médaillons à portraits d'anges, forme rosace, alternés de rinceaux fond blanc et bleu.

Bon travail de Limoges du XIIIe siècle.

Long., 29 cent.; haut., 18 cent.

51 — Petite châsse-reliquaire en émail de Limoges; d'un côté est représenté le Père éternel au milieu de deux médaillons ronds et ovales entourés de quatre anges; à chaque

bout une figure de saint ; l'autre face est en cuivre doré et pierreries enchâssées, et s'ouvre à porte abattante.

Travail de Limoges du XIIIe siècle.

Long., 12 cent.; haut., 17 cent.

52 — Grande plaque en émail de Limoges du XVIe siècle, représentant le Lavement des pieds, composition de treize figures.

Haut., 24 cent.; larg., 18 cent.

53 — Plaque en émail de Limoges du commencement du XVIe siècle, représentant la Circoncision, composition de huit figures, curieux costumes du temps avec ornements rehaussés d'or.

Haut., 29 cent.; larg., 19 cent.

54 — Plaque en émail de Limoges, représentant la Présentation de la sainte Vierge au temple. Très-belle composition de quatorze figures au milieu d'un palais à arcades et colonnes. Cette belle plaque est des mêmes suite et époque que la précédente.

Haut., 29 cent.; larg., 19 cent.

55 — Plaque en émail de Limoges, représentant la Visita-

tation. Composition de six figures avec paysage et architecture. Mêmes époque et suite que la précédente.

Haut., 29 cent.; larg., 19 cent.

56 — Très-belle plaque en émail de Limoges, représentant la Création, composition animée de trois figures : le Père éternel, Adam et Ève, et d'une quantité d'animaux et d'oiseaux de toute espèce au milieu d'un paysage.

Cette jolie pièce porte la signature de *Pierre Corteys*.

Haut., 15 cent,; larg., 13 cent.

57 — Grande et belle plaque en émail de Limoges, représentant la Madeleine en prière; la sainte, couchée près d'une grotte, est couverte d'une longue draperie qui laisse ses pieds et ses bras à nu; devant elle un crucifix et un livre ouvert dans lequel elle prie. Dans le fond, l'artiste a représenté l'ascension de la sainte, que l'on voit portée par quatre anges. Au bas, un blason avec un lion. Cette belle plaque, attribuée à *Pierre Corteys*, est d'une admirable conservation.

Haut., 17 1/2 cent.; larg., 23 1/2.

58 — Très-jolie plaque en émail de Limoges du commencement du XVIe siècle, représentant Jésus-Christ devant Pilate. Composition de six figures.

Haut., 12 1/2 cent.; larg., 10 cent.

59 — Les quatre fils de Priam parlementant devant Troie ; la Trahison d'Énée ; la Destruction de Troie.

Ces trois belles plaques en émail de Limoges, du commencement du xvie siècle. forment une suite très-intéressante.

Forme ovale. Haut., 19 cent.; larg., 16 cent.

60 — Plaque de forme circulaire en émail de Limoges du xvie siècle, représentant un guerrier oriental sur un cheval caparaçonné.

Haut., 18 cent.: larg. 18 cent.

61 — Plaque en émail de Limoges, représentant saint Jean Baptiste assis, recevant l'eau du rocher dans une coupe. Entourage en relief par Nouhailler.

Haut., 24 cent.; larg. 18 cent.

62 — Autre plaque représentant sainte Catherine debout, sur la roue de torture, au milieu d'un paysage.

Même encadrement que la précédente, et formant pendant.

Haut., 24 cent.; larg., 18 cent.

63 — Plaque ovale en émail de Limoges, représentant saint

Jacques. Figure debout se détachant en relief sur fond
bleu d'azur parsemé d'étoiles d'or, portant le monogramme I. L.

Cadre doré à ornements.

Haut., 14 cent.; larg., 11 cent.

64 — Plaque ovale représentant saint Mathieu. Portant le
même monogramme que la précédente et formant pendant.

Haut., 14 cent.; larg., 11.

65 — Jolie plaque ovale en émail de Limoges du xvi⁰ siècle,
représentant Minerve au milieu d'un paysage, avec entourage à ornements, arabesques et fleurs.

Haut., 8 cent.; larg., 6.

66 — Jolie petite plaque ovale en émail de Limoges, représentant une nymphe et quatre amours au milieu d'un
paysage avec architecture.

Haut., 8 cent. 1/2; larg., 6 cent. 1/2.

67 — Petite plaque ovale en émail de Limoges du xvi⁰ siècle,
représentant un enfant jouant de la corne.

Haut., 6 cent.; larg., 5. cent.

68 — Moïse recevant les tables de la Loi, très-ancien émail de
Limoges.

Haut., 16 cent.; larg., 12 cent.

69 — Le Christ descendu de la croix, très-ancienne plaque
en émail de Limoges.

Cadre doré avec ornement en nacre et émail.

Haut., 17 cent.; larg., 13 cent.

70 — Jolie plaque en émail de Limoges, représentant l'An-
nonciation, avec entourage en relief.

Haut., 15 cent.; larg., 12 cent.

71 — Plaque en émail de Limoges, représentant la Madeleine
en prière, agenouillée devant la croix ; entourage d'émail
en relief.

Haut., 15 cent.; larg., 12 cent.

72 — Saint Joseph tenant l'Enfant Jésus dans ses bras, plaque en émail de Limoges, signée : *Laudin, émailleur à
Limoges.*

Haut., 8 cent. 1/2; larg., 6 cent. 1/2.

73 — Sainte Françoise, petite plaque en émail de Limoges. Cadre doré.

Haut., 10 cent.; larg., 7 cent.

74 — Vénus et Adonis, deux plaques ovales en émail de Limoges.

Haut., 6 cent. 1/2; larg., 8 cent. 1/2.

75 — Bacchus et Ariane entourés d'enfants, plaque ovale en émail de Saxe.

Haut., 8 cent.; larg., 12 cent.

76 — Saint François-Xavier, plaque en émail de Limoges, avec bordure ovale en rinceaux, et ornements d'or sur émail.

Haut., 9 cent. 1/2; larg., 8 cent.

77 — Saint Ignace de Loyola, plaque en émail de Limoges, formant pendant à la précédente.

78 — Sainte Anne, petite plaque en émail de Limoges, signé LAUDIN.

Haut., 9 cent.; larg., 7 cent.

79 — Saint Louis, roi de France, émail de Limoges, entourage en relief.

Haut., 10 cent.; larg., 8 cent.

80 — Sainte Thérèse, plaque en émail de Limoges, entourage
ovale, encadrement en relief émaillé.

Haut., 11 cent.; larg., 8 cent. 1/2.

81 — Repos de la Sainte Famille, petite plaque de Limoges.

Haut., 7 cent.; larg., 6 cent.

Bois sculptés

82 — Très-grand bas-relief en bois sculpté représentant la
descente de croix.

Travail espagnol du XVIᵉ siècle.

Encadrement ogival en bois sculpté.

Haut., 140 cent.; larg., 72 cent.

83 — Petit christ en bois sculpté.

Travail très-fin de l'école d'Albert Durer.

84 — Portrait d'un religieux. Buste en bois sculpté.

Bon travail allemand du XVᵉ siècle.

85 — La Vierge et l'enfant Jésus, groupe en bois sculpté.
Les bras de l'enfant sont fracturés.

Travail du XVIᵉ siècle.

86 — La Vierge tenant l'enfant Jésus dans ses bras. Groupe

en bois sculpté. Draperies dorées. Figures peintes.

Travail du xvie siècle.

87 — La Vierge et l'enfant Jésus. Groupe en bois sculpté peint et doré.

Travail gothique.

88 — Deux bas-reliefs, figures de guerriers et de saints. Bois sculpté et doré du xve siècle.

89 — Deux statuettes. Mendiant et mendiante en ivoire et bois sculpté.

Travail allemand.

90 — Deux petites statuettes. Nègre et négresse portant son enfant, en ébène sculpté et ornement en ivoire.

91 — Une jonque chinoise chargée de quantité de personnages, en bois sculpté.

Travail chinois très-fin.

92 — Deux statuettes de Chinois en racine de bois sculptée.

93 — Chinoise montée sur un éléphant, groupe en bois sculpté.

94 — Buveur flamand. Bas-relief en bois sculpté.

95 — Socle en bois sculpté et doré, formé par une couronne.

96 — Grande frise en bois sculpté du temps de Louis XVI.

Bronzes

97 — Médaillon ovale en bronze, portrait de Louis XV.

98 — Grande croix en cuivre repoussé, avec les figures du Christ, des saintes femmes et du Père éternel, avec les quatre Évangélistes.

Fin du **xvi**e siècle.

99 — Animal chimérique.

Bronze très-fin du xiiie siècle.

100 — Animal chimérique. Bronze chinois.

101 — Encensoir en bronze du xve siècle.

102 — Deux petits bustes en bronze, Tourville et Catinat. Socles en marbre bleu turquin.

103 — Lafontaine et Boileau, bustes avec socles en marbre bleu turquin.

104 — Henri IV et Sully, deux bustes avec socles en marbre
blanc.

105 — Deux figurines en bronze doré, saint et sainte.
Travail du XIIIe siècle.

106 — Quatre Christ sur la croix, avec traces d'émail.
Travail byzantin. Seront divisés.

107 — Six pièces : médaillons et bas-reliefs en bronze repoussé des XVIe et XVIIe siècles.

Marbres

108 — Grand buste d'homme en marbre blanc.
Travail du XVIe siècle.

109 — Deux bustes en marbre blanc · Voltaire et Rousseau,
attribués à Houdon.

110 — Bas-relief ovale en marbre blanc. Portrait de Louis XV.

111 — Bas-relief ovale en marbre blanc. Portrait de Louis XIV
jeune.

112 — Bas-relief ovale en marbre blanc. Portrait de Louis XIV
plus petit.

113 — Six médaillons ovales en marbre blanc. Empereurs romains.

114 — Médaillon ovale en marbre blanc. Religieux en prière.

115 — Trois fragments de bas-reliefs en marbre blanc, provenant du tombeau de Louis le Débonnaire. (1)

116 — Bas-relief en marbre, représentant Jésus-Christ portant sa croix.

Beau travail du xve siècle.

117 — Sanglier marbre vert serpentin.

118 — Deux figures en albâtre, un saint tenant un livre et un enfant.

----

(1) On nous communique sur les bas-reliefs du tombeau de Louis le Débonnaire les quelques détails historiques qui suivent.

« Louis le Débonnaire fut enterré, en 840, dans l'abbaye de Saint-Arnould, située en ce temps-là hors de la ville de Metz, à laquelle elle ne fut réunie qu'en 1552, pendant le siége soutenu par le duc de Guise contre Charles-Quint. Au moment de la Révolution, en 1793, l'abbaye fut saccagée, les cendres de Louis le Débonnaire dispersées et le sarcophage vendu à un marbrier qui en fit des cheminées. Il n'y eut de sauvé que quatre morceaux des bas-reliefs qui ornaient la face et les côtés. Trois de ces fragments appartiennent au cabinet de M. Paquet et le quatrième au musée de Metz, qui possède aussi un moulage en plâtre des trois autres bas-reliefs. M. le général de Boblaye a publié une brochure sur l'abbaye de Saint-Arnould, à laquelle il a joint un dessin du tombeau tel qu'il était avant la Révolution.

119 — Deux petits bas-reliefs en pierre, représentant saint Georges et un cavalier.

Travail du xie siècle.

120 — Monument d'Isis, base de colonne en pierre, provenant sans doute d'un temple gallo-romain ; fragment décrit dans une brochure publiée par M. Victor Simon, conseiller à la Cour impériale de Metz.

Faïences de Palissy

121 — Plat ovale en faïence de Bernard Palissy, représentant la déesse Flore assise au milieu d'un jardin ; au second plan on voit deux femmes portant des corbeilles de fruits. dans le fond un château avec parc.

Larg., 30 cent ; long., 22 cent.

122 — Plat rond en faïence de Bernard Palissy, représentant le sacrifice d'Abraham.

Diam., 22 cent.

123 — Plat rond, représentant le même sujet. Fracturés.

Diam., 22 cent.

124 — Plat rond en faïence de Bernard Palissy, représentant

Jésus chez Marthe et Marie, avec bordure en feuillages, fond jaspé.

Diam., 30 cent.

125 — Plat rond en faïence de Bernard Palissy, représentant l'Enfant prodigue. Fracturé.

Diam., 23 cent.

Terres cuites et Biscuits

126 — L'Oiseau en cage, petit groupe en terre cuite et peinte signé *Casani*.

127 — Les Marchandes de fruits, groupe de trois figures en terre cuite et peinte, du même.

128 — Les Petits bergers, groupe en terre cuite et peinte, du même.

129 — Petit groupe de deux figures terre cuite et peinte du même.

130 — Vénus allaitant l'Amour, groupe en biscuit de Sèvres.

131 — Vénus jouant avec l'Amour, groupe en biscuit de Sèvres.

132 — Groupe de quatre figures en biscuit.

133 — Groupe de trois figures en biscuit.

134 — Deux figurines en biscuit.

135 — Momie égyptienne, terre peinte.

Objets divers

136 — Corbeille de fleurs variées en ancienne porcelaine de Saxe.

   Jolie pièce très-rare.

137 — Cage à musique en cuivre gravé et doré, ornée de plaques en émail, époque Louis XVI.

138 — Une musette, monture en ivoire.

   Époque Louis XV.

139 — Joli petit coffre à bijoux de forme ovale, en argent repoussé, décoré de figures de guerriers, rinceaux et nymphes.

   Travail du temps de Louis XIV.

140 — Grande croix en cristal de roche, monture en cuivre repoussé et doré du temps de Louis XIII.

141 — Petite coupe en cristal de roche, élevée sur piédouche forme de lampe romaine.

142 — Autre coupe plus grande, même forme. Fracturée.

143 — Petit modèle d'armure en fer poli.

144 — Petit buste d'homme, tête de philosophe en argent ciselé, socle en marbre noir.

145 — Pot avec sa cuvette en vieux laque de Chine, avec ornements en relief.

146 — Plat rond en étain très-finement gravé de rinceaux et ligures. XVIe siècle.

147 — Petit coffret en fer gravé, décoré d'animaux et rinceaux.

Fin du XVIe siècle.

148 — Boîte à mouches carrée, en émail de Saxe fond blanc et fleurs. L'intérieur du couvercle est décoré d'un joli portrait de jeune femme. XVIIIe siècle.

149 — Dame chinoise montée sur un animal chimérique, argent, cuivre et ivoire. Petite pièce mécanique qui se remonte comme une pendule.

150 — Une jolie théière en pierre de laar sculptée et gravée. Le goulot et l'anse sont formés d'animaux chimériques.

151 — Deux figurines de Chinois en pierre de laar.

152 — Plat en ancienne faïence d'Urbino décoré d'un sujet à figures.

153 — Tableau en tapisserie représentant une récréation de nombreux personnages du temps de Louis XIII.

Largeur, 210 cent.; hauteur, 65 cent.

154 — Petit modèle d'orgue du xviiie siècle, orné de bronzes et décoré de peintures.

155 — Dauphin en fer repoussé.

156 — Deux coiffures en jais du xvie siècle.

157 — Deux plaques en faïence de Strasbourg, style rocaille, xviiie siècle.

158. — Six camées d'empereurs romains en albâtre oriental.
Cercles ovales en bronze.

159 — Quatre petits bas-reliefs, d'anciens coffrets en corne brune sculptés de sujets tirés de la Passion.

Travail gothique.

160 — Cuiller, fourchette et couteau à manches émaillés de fleurs en relief.

161 — Un étui à ciseaux en fer damasquiné argent, et un couteau et une fourchette, manche en nacre gravé.

162 — Deux flambeaux en émail de Saxe, fracturés.

163 — Vase à long col en émail de Chine.

164 — Lot de fleurs en porcelaine de Saxe.

165 — Un lot d'armes indiennes, ceintures, flèches, arcs, instruments de torture, etc.

Sera divisé.

Manuscrits

166-175 — Dix manuscrits sur vélin, livres d'Heures, Psautiers et Missels ornés de miniatures, de lettres illustrées et de bordures à rinceaux, quelques-uns très-beaux, des XIII, XIVe et XVe siècles. Seront vendus par un.

176 — Deux volumes in-4°, chroniques de Metz, 1615.

177 — Un manuscrit indoustan, grand in-4°.

178 — Cérémonies religieuses de tous les peuples du monde, représentés par 243 figures dessinées par BERNARD PICART ; avec une explication historique par l'abbé Banier. 7 vol. in-f°, reliés en veau ; édition de ROLLIN fils, à Paris, 1744. Bel exemplaire.

TABLEAUX

BREKELEMCAMP.

179 — Portrait de vieille femme.

BREUGHEL (Jean).

180 — Attaque militaire.

Peinture très-fine sur bois.

DAVID TÉNIERS.

181 — Intérieur flamand. Sur le premier plan, un homme joue du violon, assis devant un baquet renversé qui lui sert de table ; près de la cheminée deux autres se chauffent.

DIÉTRICH.

182 — L'Adoration des rois mages.

DIÉTRICH.

183 — La Fuite en Égypte.

Deux pendants.

DROLLING.

184 — La Repasseuse.

DROLLING.

185 — La Ratisseuse.

Deux scènes d'intérieur formant pendants.

LACROIX, élève de Joseph VERNET.

186 — Quatre tableaux représentant des marines, paysages et ports de mer ornés de figures. (Toile.)

Ces tableaux peuvent servir de dessus de porte.

ÉCOLE GOTHIQUE ALLEMANDE.

187 — Deux sujets bibliques formant pendants.

Peintures sur bois.

ÉCOLE FLAMANDE.

188 — Fruits variés posés sur une table.

Bon tableau peint sur bois.

ÉCOLE FLAMANDE.

189 — La Madeleine se dépouillant de ses richesses.

Bon tableau dans le style de Rembrandt.

ÉCOLE FLAMANDE.

190 — La Fuite en Égypte.

Petit cuivre.

ÉCOLE GOTHIQUE FLAMANDE.

191 — La Vierge, Jésus et saint Jean.

ÉCOLE FRANÇAISE (Époque de Louis XVI).

192 — Tête de jeune Villageoise.

Peinture ovale sur toile.

ECOLE FRANÇAISE.

493 — Petit portrait de jeune fille.

Peinture sur bois.

494 — Tableau en tapisserie : Le Christ au milieu des Apôtres. Ovale.

495 — Trois tableaux : Ruines romaines, petit portrait hollandais et une pierre de Florence.

RED. :

19

graphicom

0 1 2 3 4 5 6 7 8 9 10